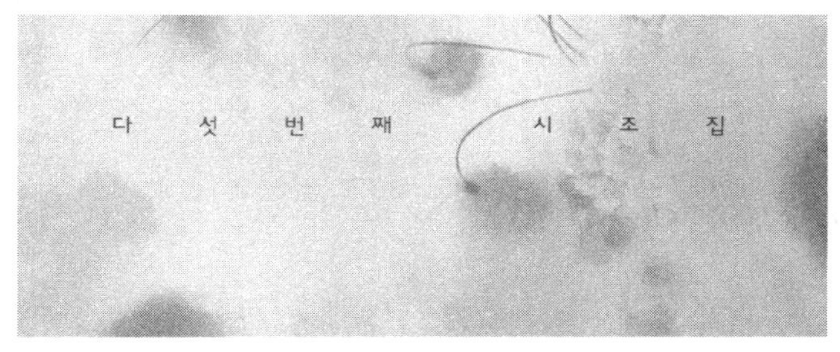

시간의 징검다리

원/용/문

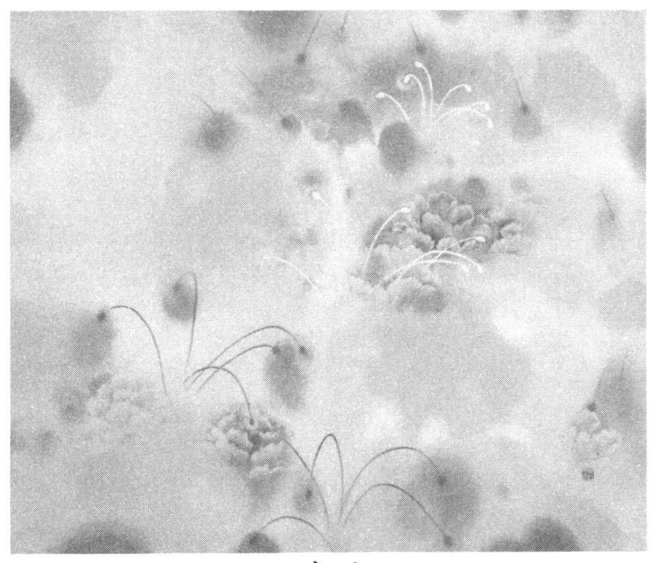

새미

머리말

사람은 결혼을 해도 후회하고 결혼을 하지 않아도 후회한다고 한다. 어느 쪽을 선택해도 후회할 바에는 결혼을 하는 편이 나을 것이라는 쪽이 우세한 것 같다. 마찬가지로 시집을 내도 별로고 내지 않아도 별로라는 이야기를 많이 듣는다. 어떤 사람은 부지런히 시집을 묶어내는데 반하여, 작품이 꽤 있으면서도 시집을 내지 않는 사람들이 있다. 내지 않으려는 사람들의 말을 들으면, 요즘 너무 많이 시집이 쏟아져서 희소가치가 없고, 시답지 않은 시를 시집으로 묶어내는 사람들이 있어서 똑같은 대접을 받을까 염려스러워서라고 한다.

그야말로 문예부흥시대가 도래했다고 할 만큼 많은 시집이 쏟아져 나오는 것도 사실이다. 그래서 옥석을 가리기 힘든 것도 사실이다. 이처럼 혼란스러운 면이 있지만, 역시 작품을 잘 써서 훌륭한 대접을 받는 분들이 있지 않는가. 많은 사람들이 부러워하고 우러러보는 사람들이 있지 않는가. 우리 속담에 "구더기 무서워서 장 못 담그랴" 라는 말이 있다. 비록 소수의 사람들이 질 낮은 작품들을 시집으로 내는 경우가 있더라도, 나만은 그런 축에 들지 않겠다고 노력

하는 것도 좋은 공부라고 생각한다. 그런 점에서 시집을 내지 않는 편보다는 내는 편이 조금은 나을 것이라고 자위해본다.

이번에 5번째 시조집을 묶게 되었다. 나는 이 시집 내는 것에 큰 의미를 두고 있지는 않지만, 흩어져 있는 작품들을 한데 모아 일목요연하게 정리하는 것도 좋은 일이라 생각한다. 이렇게 정리한 다음 새로운 각오로 다음 시집을 위하여 열심히 정진하는 것도 바람직한 행위라고 생각한다. 그리고 앞의 책과 비교해서 작품 수준이 향상되었는지 저하되었는지 비교해보는 것도 재미있다고 생각한다. 작품은 어떤 내용을 쓰느냐가 중요하지만, 그보다는 어떻게 쓰느냐가 더 중요하다는 것을 내 자신에게 강조하고 싶다. 앞으로 내 자신이 노력하고 보완해야 할 점이 바로 이점, '어떻게'라는 것을 재삼 인식하면서 작품 쓰는 수련과 정진을 계속해야겠다고 다짐해본다.

그리고 이 시집에 묶인 작품들은 여기저기 문학지에 발표했던 것들을 한데 모은 것이다. 그 작품들은 내가 시간의 징검다리를 건너듯이 하나하나 짚고 넘어온 것들이다. 다시 말해서 내가 살아온 작은 발자취라는 이야기다. 앞으로 이런 징검다리를 계속해서 놓고, 나름대로의 발자국을 남기고 싶어서 이 시조집을 묶는 것이다. 여러 가지 어려운 여건 속에서도 이 시집을 맡아서 발간해주시는 국학자료원 정찬용사장님께 진심으로 감사드리고, 실무를 맡은 편집부원들에게도 감사의 뜻을 전한다. 아울러 아름다운 표지화를 선사해주신 강릉대 차영규 교수님에게도 깊은 감사 말씀을 전한다.

2006년 3월
구의서실에서 원용문 씀

차례

1부. 가을 앞에서

2부. 지난 날을 돌아보며

3부. 회상의 시간

4부. 뉴스를 보고

5부. 시인 윤동주 선생

1부

가을 앞에서

낙엽을 보면서

비가 온 후 무심코 거리에 나서 보면
낙엽이 뒹구는가 사람들이 뒹구는가
이승과 저승 사이의 건널목을 지난다.

버려진 노숙자처럼 관심 밖의 대상인가
왔던 길 되돌아가는 삶의 잔해들인가
광장엔 비둘기 몇 마리 남은 햇살 줍는다.

산자와 죽은 자의 서로 다른 모습을
누구도 면치 못할 비정한 통과의례를
또 다른 시작을 위해 산통(産痛)을 겪고 있다

(광진문학 2003년 12월, 창간호)

가을 날에

한로가 이미 지난 시월 중순 어느 날쯤
오라는 임 안 오고 비는 왜 오시던지
내 눈물 흘러 내리듯 흐느끼며 오시네.

때리는 빗줄기가 유리창에 부셔질 때
결별의 선언처럼 가슴 더욱 시리고
떠나간 임의 환영인 양 물안개가 오른다.

만나면 헤어지고 헤어지면 만나는 법
언젠간 다시 만날 기약이라도 해주듯
저 멀리 지평선 위의 무지개가 눈 부셔라.

(광진문학 2003년 12월, 창간호)

가을의 문턱에서

하늘도 제 정신 돌아
온갖 상념 씻는 가을

피어난 코스모스처럼
하늘대며 웃는 얼굴은

추억의 책갈피 속에
끼워둔 메모지 한 장.

해마다 이맘때면
생살처럼 도지는 아픔

다가올 듯 되돌아가는
먼 바다의 파도처럼

내 가슴 흰 모래벌 위에
또 한 발자국 새긴다.

(제36회 세종문화 큰잔치 시화전 전시작품)

가을 앞에서

무료를 한잔 마시고
창밖 하늘 바라보면

잊었던 지난 일들
흰 구름으로 떠오고

공연히
혼자 슬퍼져
윙윙 우는 나무 된다.

시간의 징검다리
언제 지나 가을이란 길목

너와 나 푸른 옷 벗고
누런 누더기 걸쳤는가

우연히
불어온 서릿바람
너무 차게 느껴지네.

인생의 봄, 여름 지나면
조락(凋落)은 절로 맞게 마련

욕망의 나뭇잎 털고
빈 가지로 남는 날에

그래도
찾아온 달님
떳떳하게 맞고 싶다

(광진문학 2004년 12월, 제2호)

가을 나무

한결 가까워진 산
휑하니 뚫린 하늘

내 마음 열린 문에도
저처럼 막힘없다면

치솟는 이상을 향해
손 흔드는 나무 되리라.

바람이 스쳐 갈 땐
미소 한번 지어보고

푸른 옷 절로 벗고
노란 물로 익어가는

보람의 열매를 맺고
풍성한 가을 누리리라.

나무가 좋은 것은
은혜로운 햇살 받고

눈과 비 아침 안개
다 받아 키운 기개

모두가 우러러 보는
현자(賢者)의 모습 때문이다.

(길을 가다가, 2004년 신서정 제27집)

가을 산

봄부터 여름까지 녹차만 마시더니

어제는 익을 대로 익은 홍시를 먹어댔다

지금은 오장육부를 드러내고 누운 산.

(시조문학 2003년 여름호, 통권 147호)

대한 추위에

하늘도 얼어붙었나 새 한 마리 날지 않고
먼 산 가까운 산엔 긴장감 돈다
바람은 무엇에 질려 저리 비명 지르는가.

나무는 춤추는 건지 아니면 떠는 건지
영하 십육 도를 오르내린 기온 만큼
우리네 사는 모습도 한파가 몰아쳤네.

아내는 병원에 갇힌 신세 된지 보름
나는 무슨 부처처럼 동안거를 즐기느냐
밥 먹고 할일 없는 양 시줄이나 짜댄다.

밤마다 짜대는 게 외로움의 씨줄 날줄
짜대고 펼쳐 봐도 공허한 마음의 벌판
목 놓아 소리 지르는 보행자여, 나그네여

(원용문 교수 정년퇴임 기념호, 여강의물결 제2호)

청산은

천 년을 보고서도 침묵으로 일관한 너

속에서 끓는 울화 바람 불러 잠재우고

그래도

안 꺼질 때는

소낙비로 세례한다.

골안개 자욱하면 은자처럼 잠시 숨고

햇볕이 밝을 때는 군자처럼 나타나는

조선의

올곧은 선비

푸른 꿈 무성하다.

(문예춘추 2005년 봄호, 창간호)

옥수수

고향의 옥수수 밭
길로 크는 여름 한때

고향의 맛
물씬 나는
옥수수를 사다 놓고

마주한
며늘아기와
정담(情談) 씹어 먹는다.

(문학공간 2005년 8월호, 통권 189호)

홍시(紅柿)

봄이면 뻐국 소리 여름이면 천둥소리

가을의 파란 하늘 고루 집어 삼키더니

이제는 너와 나 사이의 사랑마저 삼켰다.

(광진문학 2003년 12월, 창간호)

소나기

하늘도 괴로우면
엉엉 울 때 있나보다

북받쳐 오른 설움
참는데도 한계 있어

와장창
쏟아낸 눈물
대지 마구 적신다.

(시조문학 2003년 여름호, 통권 147호)

앵두

우리 누나 시집 갈 때
곱게 찍던 연지곤지

아니면 사월 초파일
밤하늘의 연등 행렬

초록 속
타는 입술을
탐스럽게 그리었네.

(여주문학 2003년 제10주년 특집호, 통권 9호)

산정 호수

꽃 피고 새 울던 날
야속하게 떠나신 임

쫓아서 가다가다
털썩 주저 앉았네

한 많은
사연을 안고
눈물 바다 이루었네.

(여주문학 2003년 제10주년 특집호, 통권 9호)

나무도

나무도 세월 가면 사람처럼 늙는 걸까

자식 같은 잎새들을 멀리 떠나보내고

혼자서 빈 집 지키는 독거노인 닮는다.

(시문학 2003년 12월호, 통권 389호)

기러기

세월의 짐을 지고
날아가는 외기러기

환상의 노을 속을
헤매 돈지 몇 년인가

소리쳐
불러 보아도
대답 없는 허공이여.

긴 한숨 몰아쉬고
지친 나래 다시 펴고

그나마 남은 미련
아직도 버리지 못해

저 멀리
하늘 한켠에
원을 그려 날고 있다.

(여주문학 2003년 제10주년 특집호, 통권 9호)

파도는

배가 아파 그러느냐
오장육부 뒤집는 것

성난 사자 얼굴로
덤벼드는 모습은

눈앞에 적진을 두고
돌격하는 천군만마여.

(축제의 합창, 2004년 한국시조시협 창립
40주년 연간집)

낙엽 더미

아래로 떨어져서 먼 길 떠나야 하는

무수한 잎사귀들이 잠시 쉬는 휴게소

체념의 갈색 빛 띠고

대기명령 기다리는…

어차피 인생이란 저처럼 왔다 가는

주어진 운명의 틀로 실려 가는 손님이여

눈에는 보이지 않는

운전사의 뜻대로…

(제36회 세종문화 큰잔치 시화전 전시작품)

한가위 달

올해도 어김없이
찾아온 한가위 날

온 가족 둘러앉아
사랑의 마음 빚을 때

잘 생긴
송편 하나를
누가 툭, 던졌다.

(계간 시인과 육필시 2004년 겨울호, 통권 5호)

모기

이놈은 낮시간 보다
야간공습을 좋아한다

귓가를 맴돌면서
싸이렌을 울리다가

갑자기
공격해 오는
손톱만한 흡혈귀.

(계간 시인과 육필시 2004년 겨울호, 통권 제5호)

겨울 나무

온갖 근심 다 털고 성자처럼 서 있는가

가진 것 하나 없는데, 더 넉넉해 보이니

축복의 아침 햇살이 머리 위를 쓰다듬네.

인간의 행, 불행이 생각하기 나름이듯

나무의 세계에도 이상의 실현 위해

내밀(內密)한 기도 소리가 온 골짝을 흔든다.

(새시대 시조 2005년 3월, 봄호)

용마산 위에서

용마산 정상 위
바람 타고 올라가면

그 화려턴 빌딩들
손녀딸의 장난감인가

가지고
놀다 놀다 지쳐
차곡차곡 쌓아두었네.

(월간 한국시 2005년 8월호, 통권 196호)

빗소리

비 내리는 창밖을 하염없이 바라보면
밤새워 바느질하던 어머님이 떠오르고
떨어진
버선짝 꿰매면서
부르시던 수심가(愁心歌)여.

보릿고개 넘기실 때 들려오던 쑥국새 소리
그 소리 닮으셨던 어머님의 한 많은 삶
목 놓아
하소연 하다
소나기로 퍼붓는 눈물.

(강원문학 2005년 10월, 제35집)

2부

지난 날을 돌아보며

지난 날을 돌아보며

가만히 눈을 감고
상상의 나래 펼쳐본다

구곡간장 험난한 길
외줄 타는 광대처럼

숨 죽여
살아온 세월
나이테가 무겁구나.

한숨은 말로 헤고
눈물은 되로 받아

뿌려 논 씨앗들을
뿌린 만큼 거둬들이는

애증의
마음 벌판에
가을바람 스산하다.

(하늘 위 그 하늘 위, 미래시 2003년 제27집)

회상

시계의 태엽 감듯
내 유년 되감아 보면

어느 포구 갈매기인 양
푸른 하늘 맴돌았다

2호선
전동차 돌 듯
변두리를 맴돌았다.

(여주문학 2003년 제10주년 특집호, 통권 9호)

저녁 풍경

습관처럼 해는 지고
땅거미 내려 앉네

TV앞에 앉은 아내
할 일 없이 울고 웃고

마실 온
초저녁 달도
함께 울고 웃는다.

둥그런 식탁 위에
둥그렇게 놓인 사랑

타면 탈수록
빛을 내는 촛불처럼

그늘 진
마음의 구석
환하게 비춰 준다.

(여주문학 2003년 제10주년 특집호, 통권 9호)

녹차를 마시면서

책장 하나 넘기듯
또 하루가 넘어간다

실낱 같은 지난 날들
아련하게 되살아나고

창밖엔 보슬비 내리네
마른 가슴 적셔주는…

체중만큼 쌓인 피로
나이를 실감한다

푸른 색 녹차 한 잔
쓴 입맛 가셔주고

거울 앞 우뚝 선 사내
닮아가네 아버님을…

밀물처럼 찾아왔다
썰물처럼 가는 세월

허무를 한 짐 지고서
이순 고개 넘는다

시작도 끝도 없는 길
왜 가는지 모르면서…

(현대시조 2003년 가을호, 통권 79호)

어느 여름날

책을 보다 우연히
하늘을 바라보았다

잠자리는 언제 와서
무한 자유 누리는고

날개여
솟아라 솟아라
외쳐보는 이 마음.

몇 생을 갈고 닦아야
날 수 있나 저 미물처럼

천만 금을 그어놓고
그 금 넘지 못한 나는

오늘도
헛나발 부는

피에로다 슬픈 피에로.

힘겨운 오욕의 탈
세월처럼 무거운데

아직도 씻지를 못해
가슴 이리 시린건가

그래도
내일 아침 해는
떠오를거다 저 벌판에…

(하늘 위 그 하늘 위, 미래시 2003년 제27집)

가는 길

언제 떠나와서
어디로 가는 길이냐

등에 진 무거운 짐
벗을 줄도 모르느냐

비탈길
내려가는 데도
숨이 너무 가쁘다.

함께 가던 친구들이
하나씩 안 보이기 시작해

가던 길 잠시 멈추고
먼 데 산을 바라본다

무심턴
흰 구름마저
예사롭지 않네그려.

(시간에 관한 단상, 한국시조시협 2003년
연간 사화집)

창가에서

부질없이 비는 내려 하루를 적시는데

창가에서 기다린 임 소식 없이 해 저문다

밖에는 비가 오는데 안에는 큰불 인다.

임이 안 올 줄은 번연히 알건마는

혹시나 혹시나 해서 이렇게 기다린다

누구를 원망하리요 가는 세월 안타깝다.

몸은 천리라도 마음만 지척이면

태산 같은 장벽이 우리 앞을 막더라도

노래를 부를 것이요, 너와 나의 꿈 노래를…

(시문학 2003년 12월, 통권 389호)

세 상 은

세상은 온통 변하고 바뀌는 것뿐
인심도 우정도 강물처럼 흐르는가
사랑은 시도 때도 없이 갈대처럼 흔들리네.

간사하고 허망하기야 인간 마음 아니던가
누구는 보고 싶고 누구는 미워지고
삶이란 그저 그런 것, 조용히 눈을 감네.

(여주문학 2004년 7월, 제10호)

세월 타령

누가 세월을 일러 유수 같다고 했던가

이순의 고개 넘으면 화살 같은 느낌일세

세월아 제발 빌건대 거북처럼 기어다오.

(광진문학 2003년 12월, 창간호)

산 행

산을 오르기가 힘든 줄은 알지만
오르면 오를수록 힘이 더욱 부치네
시작도 끝도 없는 산행 쉬어갈 수도 없구려!

내 앞을 간 이나 뒤를 따라 오는 이나
숙명의 무거운 짐 등에 지고 오른다
가다가 갈림길에 서면 얼마나 망설였던가.

아득히 뵐 듯 말 듯한 저 정상을 향해
아직도 내 가는 길 어딘지도 모르면서
오늘도 산을 오른다 안개 속을 헤맨다.

(광진문학 2003년 12월, 창간호)

구의 공원에서

매일 아침 습관처럼 구의 공원에 나가면
무슨 점령군처럼 광장 메운 어둠 속
그 어둠 찢어버리는 매운 함성 들린다.

열심히 맴을 돈다 연자방아 돌아가듯
한밤 내 이슬 내린 땀방울로 적시면서
고요를 깨우기 위해 음악 소리 맞추면서…

안개 묻은 옷자락을 깃발처럼 펄럭이고
핏발 선 눈망울로 밤을 지킨 새벽달
벗 삼아 하루를 연다, 신바람을 일군다.

(남한강문학 2004년 4월, 통권 제5호)

첫 사랑

내 가슴 깊숙한 곳에
자리 잡은 샛별 하나

보이지는 않지만
사시사철 반짝인다

누구를
그리워하면서
절로 크는 아픔이여.

지우려 지우려 하면
불사조로 살아나고

가리려 가리려 하면
버섯처럼 돋아난다

죽어도
함께 안고 갈
이 불치의 열병이여.

(시조문학 2004년 봄호, 통권 150호)

외딴 섬

사람이 너무 많아 물결치는 종로 거리

밀려오고 밀려가고 파도에 휩싸이면

어느새 외딴 섬 하나 가장자리로 밀려난다.

(글벗, 넓은 나루, 광진문집 2004년 창간호)

부처

구름밭을 쳐다보면 저절로 구름 되고

인해(人海)를 바라보면 말 많은 사람 된다

청산을 벗 삼아 놀면

무슨 부처 되려나.

(글벗, 넓은 나루, 광진문집 2004년 창간호)

사랑 타령도

어쩌란 말이냐 꽃이 지면 잎 피는 것을

날 새면 꿈틀대고 어둠 오면 둥지 찾는

너와 나 사랑 타령도 그냥 된 줄 아느냐.

(글벗, 넓은 나루, 광진문집 2004년 창간호)

버리는 연습

세월을 탄 것인지 고속철을 탄 것인지
엊그제 봄이더니 가을 하늘 드높구나
느는 건 주름뿐이요 쌓이는 건 한숨일세.

시절은 돌고 돌면 제 자리로 오는데
한 번 간 청춘호는 돌아올 줄 모르누나
함께 탄 그 사람들은 어느 역에 내렸는지…

돌아보면 아득해라 가물대는 촛불이여
그 촛불 마저 꺼지면 깊은 잠에 빠지겠지
가진 것 버리는 연습 서둘러 해야겠네.

(시조월드 2004년 하반기호, 통권 제9호)

부처님 오신 날

이런 날은 전화벨도 벙어리가 되었느냐
그 요란턴 신호음이 침묵으로 일관하고
천만 근 고요에 싸여
홀로 크는 외로움.

아내는 무슨 죄로 병원에 갇혀 살고
자식들은 바쁘다고 구름처럼 흩어졌네
이 큰집 혼자 남아서
부처가 된 초파일.

어차피 이 세상은 빈손으로 왔다가
수심만 잔뜩 지고서 먼 길 가는 나그네
단 하루 오늘만이라도
달아보는 마음의 등불.

(시조월드 2004년 하반기호, 통권 제9호)

아내가 있는 병원

지옥이 따로 있나 바로 예가 지옥일세
이곳에 끌려 와서 염라대왕 심판 받고
생살을 떼 내는 형벌 받는 것은 예사롭네.

아내는 무슨 죄로 열 달째 갇혀 사나
생명을 단축하는 주사기 꽂아놓고
추억을 반추하면서 건너는 세월의 강.

신록의 오월 하늘 노래한 적 있었던가
늦가을 맞기 전에 잎새부터 시드는데
서창에 기운 달 보고 마감하는 하루 일과.

(글벗, 넓은 나루, 광진문집 2004년 창간호)

근 황

하루 가면 새날 오고
떠밀려서 사는 인생

남루의 깃을 털고
그리움의 불 밝히면

이 한밤
달빛 타고 와서
애를 끊는 피리 소리.

거리를 떠다니는
유령 같은 낯선 얼굴

더불어 춤을 춰도
체념의 바람 인다

늦가을
철새 한 마리
맴을 도는 하늘가에…

(정신과 표현 2004년 9·10월호, 통권 44호)

달력

저렇게 걸렸어도
강물처럼 흘러가나

잘났다고 내민 숫자
하루살이 신세지만

보이지 않는 수로(水路)로
영원의 바다 간다.

그 속에 그리운 이
있을 리 만무하지만

사람들은 날마다
거울처럼 들여다보네

세월의 나루터에서
노를 젓는 사공되어…

(문학계 2004년 9월 가을호, 창간호)

호 미

날카로운 손끝으로
파헤치기 좋아하네

하루라도 쉬며는
녹슬어 못 견디는 습성

앙가슴 파고 들어가
원한의 씨앗 심는다.

구부러진 허리는
평생 고치지 못해

마음까지 삐뚤어진
그 오기의 발톱이여

찬바람 서서히 불면
버려질 운명의 조각달.

(길을 가다가, 2004년 신서정 제27집)

부지깽이

하늘 천 따지 자를 신나게 외운 아이

때로는 새참처럼 붓글씨 연습한다.

그어도 그어보아도

빗나가는 한일 자(字).

남들은 세월 가면 키가 쑥쑥 크는데

햇볕에 그을렸나 비바람에 시달렸나

나이가 들면 들수록

작아지는 몽당연필.

(길을 가다가, 2004년 신서정 제27집)

아파트

삼복더위 다가오면
잘 팔려 나가는 것

어디로 실려 가는지
한 치 앞을 모르면서

운명의
우리에 갇힌
짐차 위의 닭장 같은…

가까이서 바라보면
장엄한 산 같더니

그 속에 들어가 보면
사방 막힌 감옥소

용마산
정상 위에선
쌓아 올린 성냥갑 같은…

(길을 가다가, 2004년 신서정 제27집)

실연(失戀)

밖에는 비 내리고
안에는 불이 났네

밤이면 잠도 안 오고
끼니면 밥맛 없는데

초상집
가는 길목에
'어이 어이'소리
들린다.

(광진문학 2005년 전반기호, 통권 제4호)

명함

명함을 꺼내 보면 의미가 담겨 있다

그 사람의 이력서가 석자 [三字] 속에 갇히고

보름달 떠오르듯이 떠오르는 얼굴 하나.

버리면 휴지 조각 간수하면 보물 상자

기억이 희미해진 안개 속을 헤맬 때

스스로

제 몸을 태운

외등처럼 빛나는…

(문예춘추 2005년 봄호, 창간호)

환자

온갖 풍상(風霜) 맨 몸으로 받고
찌든 영혼마저 힘겨운

짙붉은 녹 뒤집어 쓴 채
헛간 구석 차지한

날 무딘
호미 한 자루가
유난히 나를 끄네.

(새시대 시조 2005년 3월 봄호)

정(情)이란

화롯가에 둘러 앉아
이야기 꽃 피울 무렵

주고받은 눈짓만한
정(情)도 함께
꽃 피운다

헤집어
보면 볼수록
살아나는
불씨 같은…

(시조세계 2005년 3월 봄호, 통권 18호)

그리움

누르면 누를수록
튀고 마는 벼룩인가

잡으면 잡을수록
달아나는 도둑인가

어느새
주름진 눈가에
저녁놀로
뜨는 슬픔.

(제17회 여주 도자기박람회 시화전 작품)

벽시계

가라는 말 없어도
청산유수 잘도 간다

무한정 가는 세월
자로 재듯 재어가며

열두 곳
나루터 마다
돌아가는 똑딱선(船).

(광진문학 2004년 12월, 제2호)

강

하늘도 무엇인가
잡수시고 사나보다

먹으면 내려 보낼
통로가 있어야 하듯

저처럼
창자 만들어
마구 흘려보내네.

(광진문학 2004년 12월, 제2호)

괭이

예리한 칼날처럼
내리찍는 습성이다

잘못을 파헤치기 위해
속살까지 뒤집는

세상의
온갖 비리를
밝혀내는 검사님.

(광진문학 2004년 12월, 제2호)

등(燈)

두 눈을 크게 뜨고
무엇인가 찾는 눈빛

세상의 그늘진 곳
고루 찾아 은혜 주는

불새의
타는 정령이
어둠 귀신 살라먹네.

(광진문학 2004년 12월, 제2호)

팔각정

아차산 팔각정을 인생처럼 올라가서

인생처럼 내려오는 내리막길 달린다

서산에 비낀 노을이 칼날처럼 섬뜩하네.

(시문학 2005년 3월, 통권 404호)

새벽 풍경

천지가 개벽하듯 또 하루가 열린다
어머니 뱃속에서
갓난아기 태어나듯
어둠에 묻힌 시간들
서서히 기지개 켜네.

새벽을 요리하는 노란 옷의 청소부는
거리를 쓰는건가
자기 마음 비질하는가
희망의 나래를 펴고
다가오는 먼동이여.

새 소식 가져오는 자전거의 폐달 소리
들리는 골목마다
잠을 깨는 고요여
패잔병 물러나듯이
사라지는 아침 안개.

(시조세계 2005년 3월 봄호, 통권 제18호)

저물녘에

동백꽃 뚝뚝 지듯 하루라는 회한(悔恨) 지고
널브러진 시간의 잔해 주워 담을 그릇 없어
그대로 놓아두었네, 어둠 깔린 책상 위에.

요란턴 신호음마저 오늘 따라 입 다물고
사방은 고요의 숲, 날아드는 새도 없네
사진첩 꺼내 놓고서 그리운 이름 불러본다.

(광진문학 2005년 전반기호, 통권 제4호)

사는 연습

습관처럼 일어나서 달리기 연습한다

누르면 튀어 오르는 용수철의 괴력처럼

젊음의 샘물 긷는다, 새벽안개 가르면서…

달리기 하다 보면 어둠 절로 물러나고

여명의 종소리가 먼 데서 들려오듯

한 가닥 희망을 안고 녹슨 쟁기 닦는다.

(시문학 2005년 3월호, 통권 404호)

돌아가심

보이지 않는 장벽 너머
죽음의 호수 출렁인다

누군가 던진 조약돌
퐁당하고 사라지더니

잠시 후
피라미 한 마리
아무렇지도 않게
솟아오르네.

(시조문학 2005년 가을호, 동인순례 작품)

가족 관계

울타리 하나 쳐놓고
그 안에 모여산다

보이지 않는 끈을
그물처럼 얽어놓고

죽어도
끊기지 않는
쇠로 만든 밧줄이여.

(광진문학 2005년 전반기호, 통권 4호)

사람이란

뜨락의 오동나무
잎새 많이 매달았다

겉으론
화려하지만
안으로 눈물 삼키고

홀연히
이는 바람에
저도 모르게 뚝뚝 진다.

(소리의 그림자, 2005년 신서정 제28집)

착각

한여름 숲속에선
초록 잔치 한창이다

물소리, 바람 소리
구름까지 데려와서

언제나
청춘일 줄 알고
광란의 춤을 춘다.

(월간 한국시 2005년 8월호, 통권 196호)

제3부

회상의 시간

아차산성

천년 전 기왓장들이
다시 살아 눈빛 주고

허물어진 성벽 사이로
다람쥐가 넘나든다

아직도
긴장감 도네
바람마저 숨 죽였네.

저 건너 풍납토성엔
백제군의 아우성 소리

그 앞을 가로 지르는
한강물은 유유하다

온달이
마셨을 옹달샘에

내려앉은 햇살이여.

취사병의 밥짓는 연기
산성 위를 뒤덮고

평강공주 통곡하며
쓰러졌을 그 자리에

군사들
도열해 서듯
거목들만 버텨섰다.

(현대시조 2003년 가을호, 통권 제79호)

대성암에서

아차산 산 중턱에 천 년 고찰 빛난 단청

뒤로는 부처님 같은 바위들이 불경 외고

앞에는 자비가 흐른다, 한강 물이 출렁댄다.

중생들의 번뇌 씻는 솔바람은 반겨주고

갈증 푸는 법어 소리 온 누리를 적신다

갑자기 눈이 부셔라, 대불님의 후광이여.

무료도 힘겨운지 풍경은 절로 울고

만나는 얼굴마다 웃음꽃이 만발한다

정토가 바로 여기네, 연등처럼 매달린 달.

(시조세계 창간 3주년 기념호, 2003년 겨울호,
통권 제13호)

유년의 추억

손녀 딸 재롱처럼 넘실대는 가을 햇살
내리던 유년의 뜨락 빈집 지킨 감나무는
소년의 꿈의 열매를 주렁주렁 매달았다.

어느 누가 구워냈나 빨갛게 익은 고추
널려있는 마당가를 맴돌던 잠자리가
하늘로 솟아올랐지 가슴 부푼 희망처럼.

찢겨진 창문 사이로 서릿바람 넘나들면
코스모스 꽃잎 따서 오색 무늬 수를 놓고
어머니 무명 치마 같은 창호지를 발랐다.

(시간에 관한 단상, 2003년 한국시조시협
연간 사화집)

보름 달

아버지 장 마중 갈 때
친구처럼 함께 가고

웃으면 덩달아 웃고
울어도 따라서 울던

순이의
환한 얼굴을
누가 그려놓았나.

즐거워 노래하면
꽃구름이 뭉실 일고

손잡고 뛰어놀면
천사처럼 하늘 날던

순이의
하얀 사랑을
누가 담아놓았나.

(지구문학 2003년 겨울호, 통권 제24호)

호 박

낮에도 보름달이
지붕 위에 떠 있네

차면 기울고
기울면 다시 차는
그런 달이 아닐세

불그레 취기가 돌아
미소짓는 아저씨여.

한때는 푸른 꿈을
키운 적도 있건만

투박한 모습을 보면
영락없는 시골 사람

타고 난 천성을 즐겨
암소처럼 누웠네.

(원용문 교수 정년퇴임 기념호, 여강의 물결 제2호)

겨울 밤

화로엔 어머니 사랑
군밤 되어 익어갈 때

밤새 내리는 눈
소망처럼 쌓여 가고

오마던
임의 순결인 양
백화(百花) 만발하였지.

둘러앉은 아이들이
이야기 꽃 피울 때

우리네 이웃처럼
아래 목도 따뜻했다.

어디서
다듬이 소리
내 가슴을 두드렸지.

(원용문 교수 정년퇴임 기념호, 여강의 물결 제2호)

회상의 시간

눈 감으면 떠오르는 고향의 옛날 정경
오뉴월 보릿고개 그 고개 넘던 유년
가슴 속 그윽한 자리 내려앉은 별들의 속삭임.

밤이면 순이 얼굴 동산 위의 달로 솟고
상사(相思)의 병 묻어둔 오작교 다리 위에서
만나 볼 견우직녀가
너무 부러워 흘린 눈물.

그 옛날 소꿉 놀던 동무들의 새론 만남
간난의 터널 지나 노목으로 앉은 여일(餘日)
하늘을 가리울 듯한
지엽(枝葉)들의 군무(群舞)여.

(월간엽서문학 2004년 10월, 통권 제150호)

여주의 노래

고향이란 생각만 해도 가슴 속에 파도 일어
바람 타고 달려가면 꿀물 흐르는 여주 평야
춤추는 황금 물결에 실려 오는 복음(福音)이여.

만 백성 눈 뜨게 한 세종대왕 누운 성지(聖地)
그 은혜 아침 햇살로 온 누리를 밝히시네
북성산 문필봉 아래 낙락장송 가꾼 뜻은…

불보살의 보금자리 신륵사의 범종 소리는
강 건너 사바세계를 자비의 비로 적신다
여강의 푸른 물처럼 임의 뜻은 푸르리라.

조선왕조 마지막 보루(堡壘)이신 명성황후
생가에는 황후 같은 무궁화 꽃 만발했다
청사(靑史)에 길이 빛나실
여주인이여, 어머니여.

(길을 가다가, 2004년 신서정 제27집)

장항아리

무슨 그리움을
가득 채워 배 부르냐

비워도 쏟아내도
차오르는 시름을

다 삭혀
곱게 간직한
어머니의 눈물.

뻐꾸기 한참 울 때
담그신 그 장맛

맛보지 못하고서
먼 길 떠난 임 생각에

하늘로
머리를 두고
누울 줄을 모른다.

(축제의 합창, 2004년 한국시조시협
창립 40주년 연간집)

군밤

군밤 한 봉지 사들고
추억에 젖어본다

화롯가에 둘러앉아
이야기 꽃 피운 유년

그 밤알 익어가듯이
무르익던 꿈이여.

추위를 구워냈나
아랫목은 따뜻해지고

펑펑 내린 눈처럼
마음의 눈 내리더니

소복이 쌓인 행복을
덮고 누운 고향 산천.

(월간문학 2005년 6월호, 통권 436호)

한강변에서

언제 바라보아도
짙은 느낌 주는 한강

매양 같은 몸짓으로
제 갈 길만 가는가

꽃 피고 새 우는 봄날
출렁대던 물굽이여.

천년 전 간직한 비밀
아직도 가슴에 지녀

겉으론 성한 것 같지만
시퍼런 멍 들었네

흰 구름 머물던 자리
바람 한점 스쳐간다.

(월간문학 2005년 6월호, 통권 436호)

만월

눈을 감고 잠 청해도
잠이 들지 않는 밤은

머리맡에 고향산천
불러놓고 그려본다

예쁘디
예쁜 이 드러내고
환하게 웃는 순의 얼굴.

(소리의 그림자, 2005년 신서정 제28집)

공동묘지

어린 시절 함께 놀던
별님 달님 어디 갔나

삼시 세 끼 밥 해주던
어머니는 안 계셔도

바가지
많이 엎어 놓았네
줄을 서서 놓았네.

(바람의 노래, 2003년 신서정 제26집)

제4부

뉴스를 보고

시조 읽기

풋과일 먹을 때처럼
떫기는
왜 그리 떫은지

공해에 찌든 농산물
제 세상처럼 날뛰고

씹어도
씹히지 않는
설익은 밥 먹는다.

(광진문학 2005년 8월, 통권 제4호)

무료한 날에

맛없는 오징어 씹듯
무료를 씹는 날은

마음의 창을 열고
바람처럼 길에 나선다

은혜로
내리는 햇살
가슴 그득 받으면서…

저 잘났다 우쭐대는
빌딩 숲을 지나노라면

순수의 가면을 쓴
이리떼 몰려 다닌다

북 치고
장구 치는 소리에

이맛살을 찌푸린 하늘.

거리의 무법자들
자동차는 홍수지고

우수의 그림자가
한껏 드리운 광장

넋 잃은
조선의 아들
지는 해를 겨워한다.

(월간문학 2003년 9월호, 통권 415호)

시위 현장

무슨 이리 떼들이
거리 잔뜩 메웠나

토끼 여우 산돼지랑
모두 잡아 배 불리고

이제는
사람 나오라고
저리 고함지르네.

머리엔 붉은 띠를
반달처럼 두르고

지축을 흔드는 깃발
모두 숨 죽인 한나절

위선의
나팔 소리가
광화문을 흔든다.

(월간문학 2003년 9월호, 통권 415호)

통일 전망대를 다녀와서

자유로를 지날 때는 온 천지가 한여름인데

임진강 그 너머 산하는 아직도 겨울인가

겉으론 녹음이 짙지만

속은 꽁꽁 얼어붙었네.

(여주문학 2004년 7월, 통권 제10호)

오두산 통일전망대

자유의 바람 타고 자유로를 달려 보면
즐거운 양 춤을 추며 반겨주는 코스모스들
귀한 손 영접 나온 듯 오색 깃발 흔든다.

한강과 임진강이 악수하며 만나는 곳
산야는 둘로 갈라져 서로 으르렁댄다
하늘도 외면했는가 불러 봐도 대답 없네.

내가 타고 왔던 바람 거침없이 건너가도
강 건너 얼어붙은 땅 녹일 줄을 모르네
나는야 말뚝처럼 서서 삼팔선의 봄 부른다.

(시조세계 2003년 겨울호, 창간 3주년 기념호,
통권 제13호)

뉴스를 보고

안 보면 마음 편하고 보면 정신 산란한

뉴스를 왜 또 보나 비에 젖는 휴일 오후

황사만 잔뜩 끼었네, 개일 줄을 모르네.

(글벗, 넓은 나루, 광진문집 2004년 창간호)

태백시를 다녀와서

신화시대 노래하는
태백산의 아침 햇살

받아서 자란 나무들
일제히 목청 돋운다

거리의 시위자들처럼
질러대는 푸른 함성.

하늘과 땅 사이의
가교 같은 태백시는

바람도 피안의 바람
아미타경 외는 소리

산자락 박혀 있는 바위
그대로가 부처일세.

치솟는 검룡소 물은
밤하늘의 은하수를

깜깜한 용연 동굴은
오장육부 닮았네

환상의 이 작품세계를
선물 받고 웃는 산신령이여.

(문학계 2004년 9월 가을호, 창간호)

양동에 가면

풋풋한 시골 냄새 물씬 나는 양동에 가면

대지를 찌는 더위 식혀주는 인심 있다

먹어도 마셔보아도 산처럼 쌓인 풍요.

동산 위의 달처럼 반겨주는 박시인님

어릴 적 꿈을 먹던 원두막에 안내한다

시냇물 함께 따라와

들려주네, 세심가(洗心歌)를…

(월간 엽서문학 2004년 10월호, 제150호)

새 벽

골목은 아직도 어둠의 강 건너간다
누구를 기다리다 지친 외등의 발등 위에
개처럼 가랑이 들고 배설하는 취한의 비틀거림.

온 나라 안팎의 소식 주워 모은 뉴스 들고
밤잠 설친 아이의 발걸음이 새벽을 연다
설레는 바람과 함께 아침 고요를 흔든다.

세상의 온갖 오물 다 싣고 달려가는
미화원 아저씨는 참으로 고마운 분
썩은 살 골라 도려내는 외과의사 같은 분.

(길을 가다가, 2004년 신서정 제27집)

청소부는

노란 옷 입은 미화원
새벽을 쓸고 있다

그가 비질하는 것은
달빛 속의 그림자지만

이 세상 밝음을 위해
어둠과 싸우고 있다.

쓰레기가 많을수록
좋다는 미화원의

분주한 손놀림에
어둠 귀신 물러간다

적막을 깨우는 굉음
도로 위를 질주한다.

(길을 가다가, 2004년 신서정 제27집)

대장간

시뻘건 쇳물이
가득 담긴 용광로

세상의 쇠라는 쇠
모두 녹여버린다

오로지 농부를 위한
낫과 호미 만들기 위해…

요즘처럼 이념에 물든
불량품이 많을 때는

옛날의 이런 대장간
절실하게 필요하네

총과 칼
만들지 않는,
농기구만 만드는…

(광진문학 2004년 12월, 통권 제2호)

시인 윤동주 선생

일두(一蠹) 선생을 기리면서

나무의 세계에 낙락장송 우러러 뵈듯
조선 5백년사에 우뚝 솟은 탑과 같은
당신의 학문 세계는 끝이 없고 가없어라.

뜰 앞의 화초에다 물을 주는 심정으로
텃밭에 심은 곡식 김매고 거름 주듯
후생의 거친 마음 밭에 열과 성을 심었다.

비록 해는 져서 세상은 어두워져도
중천에 떠오른 달 온 누리 비추이듯
일두의 남긴 자취는 밝은 빛을 더한다.

(정여창 선생 서거 5백주년 기념시)

신사임당 여성백일장 심사를 마치고

강릉을 보러 갈 때 바람 타고 갔었다
하늘같은 대관령의 꿈길 같은 터널 속을
몽롱히 빠져나가면 동해바다 반겨주네.

바다는 이 도시를 영향권에 두었다
비릿한 고기 냄새 푸르스름한 파도 소리
처용의 아버지 같은 용왕님이 내리신 비.

강릉은 어딜 가나 신사임당 살아있다
경포대, 오죽헌, 백일장하는 그 곳에도
사임당 그 정신 닮은 여성들의 세상일세.

(글벗, 넓은 나루, 광진문집 2004년 창간호)

연금지는 희망의 등불

강산도 이십 년이면 두 번이나 변하는데
하물며 사람 일이야 몇 십번 바뀌었을까
나이가 들면 들수록 젊어지는 공무원 연금지.

그 옛날 머슴들은 부자 어른 섬기었고
공무원은 국민들을 주인처럼 받들지만
우리네 모셔야 할 분은 전현직 공무원일세.

밤하늘 북극성이 온 누리를 비추이듯
어둠을 몰아내고 새 아침을 불러오듯
연금은 노년기 삶을 살찌우는 곳간이여.

삼년대한 큰 가뭄에 단비를 내려주듯
길 잃은 나그네에 이정표가 나타나듯
연금지 가는 곳에는 희망의 등불 밝다.

(공무원연금 2004년 7월호, 창간 20주년 특집호)

황산 고두동 선생을 기리면서

농부들은 일년 열두 달 농사지을 생각하듯
황산은 구십 평생을 시조의 밭 일구었다
땀으로 가꾸신 보람 황금물결 이루었네.

시조의 감나무에 물주고 거름 주고
때로는 천둥 번개 그 마저 함께 주고
이제는 불 밝힌 등불 주렁주렁 매달았다.

임은 가셨지만 영원히 가신 게 아녀
시조 혼 시조의 깃발 우리 가슴 두드린다
황산의 높은 언덕에 보름달로 떠오른다.

(황산 고두동 선생 10주기 추모문집,
황산의 문학과 생애3, 2004년 7월)

을유년 새해 새아침에

을유년 새 아침엔 설레이는 가슴 안고
세배도 올리고 싶고 새해 인사 받고 싶고
대문 앞 큰길을 쓸며 둥근 해를 맞고 싶다.

여주벌을 가로질러 고속도로 달려보자
북성산 뛰어올라 높은 기상 그려보고
웅혼한 여강의 물결에 푸른 꿈을 실어보자.

명성황후 생가 찾아 조선의 혼 되살리고
신륵사 대웅전의 부처님을 알현하고
세종릉 우러러 뵙고 배달문화 노래하자.

농부는 밭을 갈아 진실의 씨앗 심어보자
도공은 흙을 빚어 선인의 숨결 살려내고
시인은 자신을 태워 희망의 촛불 밝혀보자.

묵은 것과 앙금진 것 어둠 속에 사라져라
싸울 일과 헐뜯는 일 과거 속에 묻혀가라

너와 나 손에 손잡고 강강술래 불러보자.

저 광야에 수런대는 봄의 전령 다가온다
집집마다 웃음소리 들녘마다 황금물결
기약한 첫닭 소리가 온 누리에 들려온다.

(여주신문2005년 1월 3일 제379호)

심석(心夕)이란 큰산

강물도 가다 보면 굽이진 곳 더러 있듯
인생의 대나무엔 정년이란 마디 있다
하늘을 찌르고 남을 심석이란 큰산이여.

문학이란 텃밭에 40년간 뿌린 씨앗
잎 피고 꽃 피우고 주렁주렁 달린 열매
세월의 잔가지 위에 만월 하나 걸렸네.

물주고 거름 주고 키워온 꿈나무들
낙락장송 이루고서 떠나는 교학의 길
버스를 갈아타고는 또 달리실 당신 모습.

(김남웅 교장 선생님 정년퇴임 기념축시)

시인 윤동주 선생

사람도 빛을 내면 밤하늘의 별로 뜬다
어둠의 일제시대 삭지 않는 민족의 혼
그 혼불 우리 가슴에
영원히 살아 숨 쉬는 별.

우물 가면 우물에도 그 별은 떠오르고
썩은 세상 썩지 않게 소금처럼 절여주는
민족의 양심 지키는
횃불처럼 타오르는 별.

(소리의 그림자, 2005년 신서정 제28집)

낙락장송(落落長松)

학생들 졸업식이 버스 종점 아니듯
군대의 제대 날이 은행 마감 아니듯
사회의 정년퇴임은 인생의 새 출발이여.

대나무도 더 크려면 매듭 하나 지어놓듯
병아리가 껍질 벗고 새 세상에 나가듯
정년은 수중세계에서 지상세계 나오는 통과의례.

비바람 눈서리에 소나무 항상 푸르듯
교육으로 닦은 생이 소나무처럼 푸르네
날마다 우러러 뵈는 봉래산의 낙락장송.

(정순량 교수 정년퇴임 기념축시)

인생파 시학

정경은(문학박사)

1. 가난한 수도승

원용문 시조의 중심에는 '인간'이 자리하고 있다. 자연도 인간을 중심으로 하고 있으며 세상을 향한 풍자도 인간을 바탕으로 하고 있고 기행시조에도 시인의 인간적인 시선이 담겨져 있으며 행사를 축하하는 많은 축시와 지인들에게 바쳐진 많은 헌사에서도 그의 인덕의 깊이를 엿볼 수 있다.

그래서 원용문 시인은 사물을 보는 시선이 인생파적이다. 자연에도 시인의 의식이 그대로 투영되어 시인의 삶의 애환과 고독이 서려있다. 자연을 관조하여 사상을 여과하기 때문에 자연의 내면은 서글프기도 하고 세상을 향하여는 교훈적이기도 하다. 이는 사물과의 교감이 없으면 불가능한 이미지의 추출이다. 결국 그는 자연이 가지고 있는 무의지의 율동을 의지의 율동으로 바꾸기 때문에 그의 시세계에서는 자연이 역동적으로 변모된다. '천공이 심술나서 /불질러 놓았는가 // 큰 붓 들고 밤을 새워 /

그려낸 동양화인가 // 설악은 산이 아니라 / 불바다를 이루었네' (「설악단풍」)처럼 그에게는 산도 산이 아니라 불바다이다. 또한 바다는 '목표물 / 발견하고서 / 달려드는 성난 사자' (「파도 앞에서」)와 같이 성난 사자가 되기도 한다. 그는 한강을 보고도 '잘린 허리 이어주는 / 구실 또한 그대의 몫' (「다시 한강에서」)이라고 갈라진 한반도를 이어주는 것이 바로 '한강'의 몫이라고 생각한다. 관조의 대상으로서의 강이 아니라 강에 '역할'을 부여하는 것이다. 그는 특히 '강'에 역사와 현실의 문제를 대비하여 시적으로 승화 시킨다.

> 양수리는 합치는 곳 / 자연스레 만나는 곳 // 만나서 통일되고 / 통일되어 춤추는 곳
>
> — 양수리, 부분 —

> 누가 이 강물을 한탄강이라 이름 했나 // 30년 분단된 한을 / 홀로 지고 살았던가
>
> — 한탄강에서, 부분 —

> 이대로 아픈 허리를 / 아니, 아픈 가슴을
>
> — 임진강, 부분 —

위의 시조들에서도 강은 반도의 아픈 역사를 이어주며, 증인이 되며 그 아픔을 품고 흐른다. 이러한 강은

132

시인이 자연에 부여한 '인간적' 모습이 된다. 그러나 이
인간화된 자연은 평범한 인간이 아닌 사유하는 성스러운
대상이 된다.

　　뿌리 깊이 간직한 / 그리움을 퍼올린다.
- 소나무, 부분 -

　　동구 앞 늙은 나무는 어린애도 업어준다
- 달 4, 부분 -

　　바람을 불러 들여 / 거문고 타게하고 // 계곡물
흘려보내 / 맑은 심성 토해낸다
- 청산, 부분 -

　　하늘 닮는 법 배워 / 두 손 뻗은 겨울 나무 …
버리고 비우는 도를 / 갈고 닦는 수도승들
- 겨울 숲, 부분 -

　　가난을 신앙으로 / 갈구하는 겨울나무
- 겨울 날에, 부분 -

　　몸 닦고 마을 닦고 밤을 새워 기도하다 / 인간
세계 그리워서 찾아오신 성자 신가 / 인간의 온갖
잡것들 세례하여 주소서
- 눈오는 날에, 부분 -

때로는 시 쓰는 나무 가난하게 살아 간다.
                              - 초목, 부분 -

　‘소나무’는 그리움을 퍼 올리고, 어린애를 업어주고, ‘청산’은 바람에게 거문고를 타게 하고 계곡물에 맑은 심성을 토해낸다. ‘겨울나무’는 가난을 신앙으로 갈구하는 수도승이며, 겨울에 내리는 ‘눈’은 세상을 세례하는 성자이고, 시 쓰는 ‘나무’는 가난하게 살아간다. 결국 자연은 원용문 시인의 인간적인 시선을 받은 시인 자신이 된다. 그는 ‘내 가난은 여민의 정 / 눈물로나 살지우고’ (여름의 노래)라고 소유하지 않음을 본디 모습으로 여긴다. 그래서 그는 삶을 ‘함량 미달’로 느끼고 자신은 ‘설익은’ 과일만 딴다고 생각한다.

　　내 몸무게는 함량 미달 / 살은 퉁퉁 쪄도 미달
                              - 몸무게, 부분 -

　　나는 일년 삼백육십오일 / 설익은 과일만 딴다
                              - 과일, 부분 -

　그렇기 때문에 시인은 자신을 어릿광대, 시인, 교육자, 어두운 방 촛불하나 밝힐 힘도 없는 청맹과니로 변한다.

　세월은 뒤에서 밀고 고뇌는 굴레를 씌워 / 이 눈

치 저 눈치 속에 깊게 갈은 이마의 고랑 / 욕된 삶
그도 모르고 깃발 날리던 어릿광대.// 시를 씁네
남을 속여 문자 희롱 죄목 되고 / 어린 양들 갇힌
우리에 위선의 나팔 불고 / 앵무새 그나마도 못된
서러워진 노랫가락. // 가진 자 못 가진 자를 구분
못한 청맹과니 / 어둔 방 촛불 하나 밝힐 만한 힘
도 없는가 / 허명만 낚시질하러 나룻배를 띄운 사
공. // 가다듬지 못한 마음 오뉴월 서릿발 되고 /
목덜미 잡은 이에게 비굴한 웃음 짓는데 / 옳은 것
옳다 못하는 아픔 새긴 이력서여.

- 자화상, 전문 -

靑盲과니는 보기에는 눈이 멀쩡하나 못 보는 눈이나 그
런 사람을 말한다. 허명만 낚시질하는 사공, 마음도 다스
리지 못하고, 목덜미를 잡은 이에게 비굴한 웃음을 짓는,
옳은 것을 옳다고 하지 못하는 사람으로 자신을 그린다.
어디 시인뿐 만이겠는가. 위의 시조를 읽어가다 보면 목
구멍에 울컥하고 잡히는 이름이 있다. 평생을 가족을 위
해 자신의 꿈을 접고 자신의 의지와 반대되는 길을 걸어
가야만 했던 수많은 가장들의 얼굴이다. 그럼에도 시인은
다음 시조에서 울타리 안에서 스스로 만든 자로 재고 무
딘 재주로 만든 담장의 둘레이지만 시인은 이나마 복이라
고 안위하며 머리 맞대고 살자는 따스한 낙관의 세계를
희망한다.

　　내 스스로 만든 자로 재고 마름질 해 / 무딘 재주
갈고 닦아 담장치고 얻은 둘레 / 이나마 복이다 하
고 머리 맞대 살자꾸나. // 몇 걸음만 헛디뎌도 석
벽으로 몸이 틀려 / 지구가 둥글다는 진리조차 눈
어둡던 / 옛님의 말씀을 받아 씨앗으로 삼자꾸나.
// 바라보면 촉도(蜀道)런가 벗할 만한 노랜 없고 /
따스한 볕뉘라도 쬐어볼까 하다가는 / 한 조각 푸른
하늘에 연이나마 날려본다.

- 울 안에서, 전문 -

　　위 시조에서 시인은 몇 걸음만 헛디뎌도 석벽으로 몸이
틀리고, 과학적인 진리에는 눈멀어도 성현의 말씀을 받아
씨앗으로 삼고자 한다. ‘촉도’는 하나의 아름다운 비단띠
마냥 진령(秦嶺), 파산(巴山), 민산(岷山)을 연결시켜 풍경
이 수려한 검문촉도로서, 풍경명승구를 형성하는 지세가
험준하고 명승고적이 많으며 자연풍경과 인문 역사 유적이
결합된 명승지이다. 당나라 시인 이백은 ‘촉도 가기 하늘
오르기보다 힘드네’라는 시구를 남기기도 하였다. 이 울
안에서 시인은 이를 ‘촉도’라고 안위하며 따스한 볕뉘라도
쬐어볼까 생각한다. 울 안에서 보이는 하늘은 한 조각이지
만 시인은 이를 ‘복’이라 생각한다.

　　비바람 온갖 풍상 / 세끼 밥 먹듯 했고 // 어디
서 굴러왔는지 / 뿌리조차 모르면서 // 모질고 구차
한 목숨 / 보도 위에 박혀있다. // 오는 이 가는 사

람 / 심심하면 걷어차고 // 육중한 차바퀴는 / 천둥
번개 치게 하고 // 가슴에 치솟는 불은 / 무언으로
끄며 산다. // 전생의 화려한 삶 / 까맣게 잊어버려
// 뛰지도 날지도 못하는 / 신세 한탄해 가면서 //
지켜온 양심 하나로 / 삶의 보람 느껴본다.

- 돌의 고백. 전문 -

타고난 천성이 착해 / 이래도 그만 저래도 그만
(중략) 속에서 치미는 울화 / 삭이고 썩혀 가면서
// 겉으로 드러내지 않는 / 비법 또한 익혀 두었다.

- 바위노래, 부분 -

비바람과 온갖 풍상을 견디어 내고 뿌리조차 모르는 모
질고 구차한 목숨, 오고 가는 이에게 걷어 채이고 차에도
채이고, 그러나 무언으로 견디는 돌이다. 돌을 보며 전생
의 화려한 삶도 잊고 이제 뛰지도 날지도 못한 신세를 한
탄하지만 이를 지켜온 양심 하나로 삶의 보람을 느끼는
시인의 '속 모습'이다. 그는 '얼마를 더 살아야 / 당신 같
은 돌이 되나'(「자갈 밭」)라고 묻는다.

2. 고담한 수묵화의 세계

시인은 시조 「그림」에서 '언제부터 였는지 / 난 그림을
좋아했고 // 뉘도 모르는 사이 / 손 모우는 서툰 화가'라고

겸손하게 말하고 있다. 다음의 담담한 표정으로 엮어나간
수작들은 시인의 회화적 상상력이 시로 구현되었음을 확인
시킨다. 이 같은 시조들은 순수미의식이 회화적 이미지로
아름답게 형상화되어 동양적인 고담한 시풍을 이룬다.

　　수묵 빛 그리매로 / 내 가난 익어가고 // 체중
만큼 앓힌 꿈을 / 가슴으로 데워가며 // 먼 일정 /
바쁜 나날도 / 숨고르니 구슬이네. // 내 뿌려 논
젊은 씨앗 / 예닐곱 살 / 파란 눈망울 // 가난이야
분이 나도 / 하늘가는 하늘이고 // 아직도 머나먼
기약 / 등촉처럼 앞서 가네. // 내 가난은 나의 반
려 / 술로 달래 정주어 달래 // 눈물로 적신 시름
/ 속 우물에 얼비치어 // 별처럼 박히는 영혼 / 설
움마저 반짝이네
- 일정, 전문 -

　　아쉬운 뜻 늘 머물러 / 만지면 / 출렁이는 강 //
문득 꿈이 저문데 / 삶하 / 끈질긴 삶하 / 띠처럼
세월 두르고 / 구비치는 저 한을... // 산다(山茶)
꽃 몸 씻는 소리 / 바람 일 듯 뛰는 가슴 // 끝없
이 맴도는 迷妄 / 파문만 겹겹이 찬다 // 한 자락
미소를 기루어 / 허위허위 뛰는 / 너. // 새벽을 적
시고 가는 / 목이 긴 회귀의 넋 // 달랠수록 크는
아픔/ 지긋이 잇새에 문다 // 물 위에 뜨는 제 모
습 / 봄은 사뭇 / 머흘레.
- 사슴記, 전문 -

　위의 시조는 섬세하고 온건하다. '수묵 빛을 가진 그림자'와 '예닐곱살 파란 눈망울'과 '등촉', '우물에 얼비치는 시름' 과 '별처럼 박히는 영혼', '반짝이는 설움' 과 같은 고운 정서가 아름답게 형성화 된다. 시조「사슴기」는 사슴에 관한 지시어를 사용하지 않고, '아쉬움'과 '꿈'과 '한'과 '뛰는 가슴' '미망' '미소' '넋' '아픔' 과 같은 이미지로만 형상화한 시조이다. 이 같은 이미지에서 세속과는 거리를 둔 고독한 사슴의 모습이 그려지고 한 가운데 박힌 '미망' 즉, '미혹과 허망' 함은 이 시조의 보석 같은 정서를 이룬다. 이 시조는 마치 산수화처럼 강을 배경으로 하고 있다. 강은 출렁이고 山茶는 몸을 씻고, 미망은 파문을 차고, 사슴은 물위에 모습을 띠우고, 사슴과 강의 서글픈 조화가 그림처럼 빼어나게 묘사되어 있다. 마지막 연의 '봄은 사뭇 머흘레' 라는 '봄은 사뭇 험하고 멀다' 는 고어적인 결구 장식은 이 시를 더욱 더 고아한 동양화의 세계로 이끌어간다.

　다음 시조「한강에서」에도 시인의 문인화 같은 정서가 실린다. 푸르고 싶고 흐르고 싶은 자연의 생각들과 한 번은 불이고 싶다는 시인의 생각이 어우러진다. 강은 하늘이 내려앉은 유역이다. 유역은 하늘보다는 작은 공간이지만 강은 넓은 하늘을 다 품을 정도로 크고 넓다.

　　물레를 잣는 세월 / 칭칭감아 얼레 틀고 // 차마
　　볼 수 없는 역류 / 못내 참아 아린데 // 한강은 /

말문을 거둔 채 / 고갤 들지 않았다. // 천년 바닥
에 깔린 잔영 / 한 번은 불이고 싶은 // 돌아보면
부질없는 / 눈물어린 숨결이고 // 눈썹에 / 차오르
는 너울 / 피고 지는 문양이여. // 다만 푸르고 싶
고 / 다만 흐르고 싶은 것 // 조각난 숱한 어휘 /
눈으로 씻어가며 // 하늘이 / 내려앉은 유역 / 구
름 한 점 잡힌다.

- 한강에서. 전문 -

끊임없이 이어진다는 속성에서, 길다는 형태적인 면에서
강과 물레는 상응한다. 물이 범람한 후의 한강을 보았을
까. 시인은 강을 보면서 '차마볼 수 없는' '아린데' '말 문
을 거둔 채' '고갤 들지 않고' '부질없고' '눈물 어리고'
같은 수식구들로 묵묵하게 견디는 고통을 크게 묘사한다.
강을 보고 있는 시인의 묵근한 마음을 '불이고 싶고, 푸르
고 싶고 흐르고 싶다' 에 실려 보낸다. 강은 불이 될 수
없지만 이루어질 수 없는 소망을 꿈꾸는 것이 시인의 미
덕이다. 본디 강은 푸르고 이곳 저곳으로 흐른다. 강을 보
고 있는 화자의 마음이 강처럼 푸르고 흐르고 싶다는 의
미일지라. 마지막 수에서 강은 하늘과 상응된다. 하늘은
위에 있고 강은 그 아래를 흐르면서 서로가 서로를 투영
한다. 내려앉은 푸른 하늘의 유역에 구름이 한 점 잡혀 있
는 그림을 보고 있는 듯하다.

3. 서정적 세계의 등불

시인의 이 같은 서정의 세계를 밝히고 있는 등불은 '고향'과 유년의 세계이다. 그에게 유년시절은 '무지개 빛 꿈을 안고 뛰어놀던 어린 시절(「후회」)이며, 구사하는 많은 비유들이 고향의 서정에 바탕하고 있다.

부싯돌 / 쳤을 때처럼 / 눈에선 불꽃 튀고
- 만남, 부분 -

시조 공부 하다보니 / 새끼 꼬는 법 / 배워져서
- 시조공부, 부분 -

세상의 / 온갖 잡것들 / 챙겨 넣은 공간이여
- 컴퓨터 부분 -

맵고 신 김치 깍두기 / 저릴 대로 저린 한 생
- 달 3, 부분 -

둘이서 / 떨어져 살 수 없는 / 물 귀신같은 것
- 사랑타령, 부분 -

밤낮을 / 가리지 않고 / 괴롭히는 처용귀신
- 처용귀신 -

해마다 가윗날은 / 하늘나라 사는 날 // 은도끼

금도끼로 / 초가삼간 집을 짓고 // 순이야 / 네 손
목 잡으면 / 꽃구름도 일었지. // ...중략... // 순
이는 / 하늘에 닿아 / 둥근달이 되었지. // 사자골
머루 섶에 / 꿈을 묻고 살던 날

- 중추절, 부분 -

처음 만난 설레임은 '부싯돌' 쳤을 때의 불꽃처럼 강하
고, 시조 공부 하다보니 '새끼 꼬는 법'을 배우게 되고, 컴
퓨터는 세상의 온갖 잡것들을 챙겨 넣은 '곳간' 이며, 한
생은 '맵고 신 김치 깍두기'처럼 저릴 대로 저려진 아픔이
다. 사랑은 '물귀신' 같은 것이며, 고독은 '처용귀신' 같이
나를 괴롭힌다. '부싯돌' 이나 '곳간' '새끼줄' '물귀신' 같
은 비유들은 한국적인 서정의 세계를 힘껏 끌어올린다. 그
리고 초기 시집부터 근작까지 편재해 있는 '순이야, 네이
름 부르면 / 함박꽃도 피더구나' (「보리밭」) '술래 잡던
순의 얼굴'(「달5」) '피울음 토해내듯 / 순이 이름 불러봐
도' (「달7」)의 '순이' 는 친구요 연인이요 누이요 아내의
고전적인 고유명사이다. 사자골 머루 숲에 꿈을 묻고 살던
유년의 한가위의 추억은 '순이'를 매개로 되살아난다. 시
인 뿐 아니라 우리 조상들에게 한가윗날은 하늘나라 사는
날이었다. 하늘엔 달이 있고, 거기엔 초가삼간 집이 있고
순이가 둥근달로 다가 온다. 그에게 사랑은 '인간적'이다.
속의 아픔을 감춘 채 미화하지도 않고 화려한 감정으로
화장하지 않은 순이의 얼굴 같다.

밥을 굶고 기어다녀 / 두 팔꿈치 벗겨져도 // 당
신 사랑 받아먹고 / 몹쓸 병만 낫게 되면 // 천리
를 / 기어서라도 / 가고야 말 어리석음. // 검은 걸
희다하고 / 흰 것을 검다 해도 // 당신이 하는 말
씀 / 진실이라고 믿고 믿어 // 가진 것 / 다 바치
고도 / 더 주고야 말 어리석음. // 만나자 만나자
해도 / 만나주지 않으면서 // 다행이 꿈 속이라도
/ 찾아와 주신다면 // 밤마다 / 헛꿈이라도 / 꾸고
야 말 어리석음

- 어리석음, 전문 -

시인은 신앙과 같고 무모한 사랑을 '어리석음' 이라는
반어적 상징으로 표현한다. 사랑은 받아 먹어야만 낫는 몹
쓸 병, 거짓도 진리로 여기는 완전한 신뢰, 가진 것도 다
주고야 마는, 꿈 속에서라도 만나는 것을 '다행'으로 여기
는 어리석음이다. 그는 사랑을 '둘이서 / 떨어져 살 수 없
는 / 물귀신 같은 것'(「사랑타령」)'얄미운 배신자' (「코스
모스」) '잡다가 마는 휘황찬란한 무지개' '끄지 못할 활화
산' (「사랑」) '세월의 산등성에 명멸했던 신열' (「가을연가」)
이라고 사랑의 다른 이름들을 기가 막히게 지어낸다. 이처
럼 괴로운 것이 사랑임에도 결국 사랑은 '지우려 / 지우려
해도 / 가슴 그득 채운 행복'(「행복」)이 된다.

어느 누가 구워냈나 빨갛게 익은 고추 / 널려있
는 마당가를 맴돌던 잠자리가 / 하늘로 솟아올랐지

143

가슴 부푼 희망처럼.
- 유년의 추억, 부분 -

　어떤 사람이 흰 종이 위에다 동그라미를 그린 다음 어른들에게 보여주고 무엇이냐고 물었더니 천편일률적으로 '동그라미' 나 '원'이라 대답했다고 한다. 이번에는 똑같은 질문을 유치원 아이들에게 했더니 '사과' 나 '모자' 그리고 '대머리를 위에서 본 것' 이라는 등 생각도 못한 대답들이 나왔다고 한다. 이처럼 순수의 세계에서는 상상력이 화려하다. 시인은 빨갛게 익은 고추를 '어느 누가 구워' 냈을까 생각하고 생각한다. 이는 유년시절의 순수하고 세상적 지식이 침범하지 않았을 적의 아름다운 생각이다. 그러나 유년을 지난 현재 향리의 정경은 그리 아름답지만은 않다.

　그 옛날 보금자리, 할배처럼 엎드렸다 // 모진
풍상 세월 앞에 버틸 만큼 버티다가 // 기둥, 도리,
서까래, 들보 신음 소리 자주 낸다 // 게다가 오장
육부인들 성한 데 있다더냐 // 기왓장 깨지는 날
밤 // 두통 앓는 주인 영감
- 고향집, 전문 -

　위의 시조는 한 행이 한 연이다. 연과 연 사이에 사그러져 가는 고향집에 대한 시인의 아쉬움이 머뭇거리며 맴돈다. 유년의 고향집은 현재는 '할배'처럼 엎드렸다. 세월

과 풍상에 낮아진 집들, 기둥과 도리와 들보는 오장육부 성한데 없이 두통 앓는 주인영감처럼 신음소리를 낸다. 이제 고향집은 어머니나 아버지처럼 오래된 '인간' 이다. 어머니는 '가난을 유산으로'(「어머님 전상서」) '생명처럼 소중한 땅' (「어머님 일기」)을 유서처럼 남겨두고 떠나 가셨고 아버지는 '칠십 평생을 갈았지 / 모새 땅을 가(耕)시었지 // 움푹 골진 이마 위에 / 그 영욕 세월도 갈고 // 그나마 / 남은 밭뙈기는 / 가슴으로 갈았'(「아버지」)던 고된 노동에 엎드러져 있는 모습이다. 그럼에도 시인에게 고향집은 순수와 문명 이전의 것이다. '영원히 보존되어야 할 우리들의 3장 6구 / 그리고 안식을 주는 배달겨레 정신 본향'(「초가집」)인 것이다.

4. 쓰레기와 분뇨에 대한 생각들

원용문 시인은 다른 시인들에게 하고 싶은 말을 시로서 말한다. 그에게 시는 그냥 시일 뿐이다.

시란 것은 시 이상도 / 그 이하도 아닌 게야 //
그대 만든 시 한편이 / 위대한 탄생은 아니야 //
(중략) // 시인은 하고 싶은 말을 / 시로 하면되는 거야. // 시인 많은 어떤 나라 시인 공화국 이루었네 // 이 공화국 시인들은 / 정치하면 안 된다네
- 꿈 이야기, 부분 -

시는 위대한 탄생도 아니다. 시인은 정치를 해서는 안
되고 시인은 하고 싶은 말을 시로 하면 된다는 것이다. 그
래서 시인은 시로써 말한다. 원용문 시인은 어떻게 보면
'서울행 고속버스는 서울밖에 갈 줄 모른다'(「고속버스에서」)
와 같이 해학적이고 어떻게 보면 풍자와 해학이 어우러져
따뜻하게 다가오면서도 그 이면에서는 '악마가 천사 행세
하는 / 꼭두각시 놀음 아녀'(「꼭두각시 놀음」)같은 독설이
어슴거리며 비쳐진다.

다음 시조는 도시문명이 자연에 끼친 영향에 날카롭게
대응한다. 자연은 이제 인간을 교화시키지 못하고 인간에
동화되어 간다. 자연이 도시에 의해 자연성까지 오염되었
다는 것이다. 이 같은 생각을 도시 가운데 있는 아차산에
투영하여, 서울에 있는 산은 성품도 도시 사람을 닮아 간
다고 말한다. 여기에서 문명과 자연의 기묘한 대조와 어긋
남이 포착된다.

　　서울 근교 아차산은 / 서울 사람 닮아간다 // 무
뚝뚝한 얼굴 표정 / 비대해진 허리모양 // 마음의
성벽 쌓는 일은 / 누가 시켜 매일하나. // 나무는
나무들끼리 / 대화하는 시간 없고 // 바위는 바위
들대로 / 제 주장만 옳다 한다. // 여야로 편 갈라
놓고 / 싸움질 하는 모습이여. // 하늘을 나는 새가
／ 구토 증세 역력하다 // 골짜기 옹달샘은 / 신음

146

소리 여전하다 // 한강 물 마시기 싫어 / 돌아 앉
은 온달산성

- 아차산, 전문 -

아차산은 서울 사람을 닮아 표정은 무뚝뚝하고, 허리는
비대해지고 마음의 성벽을 쌓아 대화가 없고, 제 주장만
한다. 자연은 정치하는 이들이 여야로 편을 갈라 놓고 싸
우는 형상을 그대로 닮는다. 결국 시인은 하늘을 나는 새
가 구토 하는 듯 느껴지고, 골짜기의 옹달샘은 신음으로
한강 물 마시기 싫어 온달성은 돌아앉았다고 느낀다. 많은
시인들이 자연을 대표하는 산과 강에서 인간을 변화시키는
'천연'의 세계를 보았다면, 원용문 시인은 자연의 오염을
자연의 성격까지로 확대시킨다. 결국 인간의 오염이 자연
을 오염시킨다는 것을 안타까워한다. 서울에 있는 아차산
이 사람을 닮아가듯, 다음 시조에서 '서울의 별' 들은 전
생에 죄가 많은 듯 하늘에 있지 못하고 지옥과 같은 땅으
로 내려왔다고 생각한다.

서울의 하늘 별들은 / 전생의 죄가 많다 // 누구
는 천상에 가 / 살고 싶다 하는데 // 그들은 / 지
옥에 떨어져 / 불꽃 바다 / 수를 놓네.

- 야경, 전문 -

많은 사람들이 천상에 가서 살고 싶다고 하는데 서울

하늘의 별들은 지옥에 떨어져 서울 시내의 현란한 야경을
이룬다. 시인은 별이 떨어져 내린 듯 보이는 서울을 '지
옥'으로 바라본다. 그에게 서울은 '서울은 요지경 속 / 도
깨비들 세상인가 (중략) 누렇게 병들어 간 / 가로수는 신
음하고 / 문명의 탈을 쓴 자 / 음모만을 꾸며'(「서울 야경」)
내는 요지경 같은 공간이다. 문명은 자연이 자연일 수 없
게 만든다.
　원용문 시인은 쓰레기와 청소부에 대해 많은 이야기를
한다. 온갖 세상의 쓰레기 같은 '인간'과 쓰레기 같은 '사
건' 과 '문화'를 이야기 하면서, 누군가 쓰레기 치는 '청소
부'가 되거나 정화조 치는 '어른'들이 되거나 '청소기' 가
되어 이 같은 것들을 없애야 된다고 말하면서 결국 이 세
상을 행햐 '너희는 모두 쓰레기이거나 분뇨일 뿐이야' 라
고 독한 말을 시로서 내뱉는다.

　　청소부 아저씨는 그저 고마운 사람 (중략) 그 못
　된 인간쓰레기 / 언제 치워 가렵니까
　　　　　　　　　　　　　　　　－ 청소부, 부분 －

　　개도 안먹는다는 돈만 아는 유흥업 사장님 / 남
　의 돈 떼 먹기를 밥 먹듯 하는 사기꾼 / 정화조 치
　는 어르신네들 이런 분뇨 좀 쳐주세요
　　　　　　　　　　　　　　　　－ 어르신네들, 부분 －

요지경을 못 본 이는 / 여기 와서 안 번 봐라 (중
략) 쓰레기 치는 양반은 / 깊은 잠에 들었나 보다
                        - 어느 디스코 홀에서, 부분 -

아가 동산 교주 같은 그런 인간 쓰레기들 / 말끔
히 쓸어버리는 청소기라도 있었으면
                            - 세상에 나쁜 놈들, 부분 -

거짓말 밥먹듯 하는 / 혓바닥 뚜꺼운 정치꾼들 //
새벽녘 쓰레기 차 위에 / 몽땅 실어갔으면 좋겠다
                                - 세상만사, 부분 -

오늘도 / 습관처럼 / 쓰레기를 치운다 // 어쩌면
/ 그렇게도 / 몹쓸 것만 쓸어 넣은 봉투 // 그 속
에 / 게이트, 떴다방 / 함께 쓸어 넣어야 겠다
                                  - 쓰레기, 전문 -

시 「쓰레기」에서 시인은 '습관처럼' 이라고 말한다 '습
관'이라는 것은 거의 무의식에 가깝다 이 무의식 적인 행
동 속에서도 시인의 사유는 멈추지 않는다. 쓰레기 봉지
속에는 쓸만한 것은 없구나. 하는 생각을 하는 순간 그의
사유속에는 또 쓰레기 봉투에 세상의 쓰레기 같은 것들을
한데 버렸으면하는 생각으로 확장되는 것이다. 인간 쓰레
기와, 돈만 아는 유흥업 사장, 남의 돈 떼먹기를 밥먹듯
하는 사기꾼, 도시문화의 현란함, 사이비 교주, 거짓말 잘

하는 정치꾼, 부끄러운 정치문제, 떴다방 같은 경제적인
문제들을 시인은 쓰레기나 분뇨처럼 여긴다.

5. 생활의 발견

원용문 시인은 '외로워 몸부림 칠 때면 / 시중드는 아가
씨여' (「담배 피우기」) '산을 오르면 배우게 되는 우리들
의 인생 살이'(「산을 오르면」)과 같이 '담대피우는 일' 이
나 '등산' 같은 '생활' 가운데서 발견한 진리들을 시로써
형상화 한다.

시인은 목욕탕에서도 흘러넘치는 물처럼 사유를 전개
시킨다.

　전생에 지은 죄를 / 속죄하러 가야한다 // 이 나
라 율법에는 / 옷입으면 큰일 난다 // 빈 손에 빈
몸뚱이에 / 싸울 일이 없는 세상, // 먼지 낀 오륜
보다는 / 더 값진 게 비누 한 장 // 허파 속 묵은
때까지 / 걸러내는 운동연습 /// 애증을 뛰어넘는
일이 / 이다지도 고달프던가. // 복잡한 절차 없는
/ 심판대에 올라선다 // 스스로 참아가는 /사각의
화탕지옥 // 참회의 눈물 방울이 / 온 몸에서 솟구
치네.

- 목욕탕에서, 전문 -

목욕탕에서는 오류보다 더 값진 것이 '비누'이다. 모두가 오류이라는 의식과 허례를 벗어야만 하는 자연의 상태로 돌아가는 곳이 목욕탕이다. 이미 오류은 '먼지'가 끼어 버렸다. 호흡기관인 '허파'는 미세혈관을 통해 우리 몸 전체에 산소를 공급할 뿐 아니라, 노폐물과 이산화탄소를 몸 밖으로 제거하는 중요한 '환기 장치' 역할을 담당한다. 산소공급이 부족해지면 체내의 에너지 생성하는 신진대사가 마비되고 특히 흡연과 도시의 공해에 허파는 찌들려 있다. 이처럼 지옥처럼 여겨지는 세상을 시인은 '사각의 한증탕에서 / 땀을 빼는 괴로움 // 하나라도 벗어나야지 / 거추장스런 예절'(「폭염」)에서처럼 목욕탕으로 보기도 한다. 그래서 그에게 '때 빼는 것' 은 '더 이상 미루지 말자 / 찌든 때 빼는 일을' (「먼 여행」)처럼 정신의 여행을 의미하기도 한다. 목욕이라는 객관적 사건이 정신의 수양이라는 새로운 미학으로 승화되는 것이다.

다음 시는 기상정보와 인생살이를 대조하여 이야기 한다.

어디 일년 열두 달 / 밝은 날만 있다더냐 // 구름 끼고 바람 부는 거 / 막을 만한 장사 없어 // 물난리 / 가뭄 난리를 / 겪으면서 살아왔다. // 사람이 사는 이치 / 기상 정보 같은 거여 // 슬프고 괴로운 일이 / 구름처럼 가렸다가 // 활짝 갠 / 가을처럼 / 푸를 때도 있단다.

- 기상정보, 전문 -

비 오고 바람 불면 하늘이 우울 하다는 증거 /
먹구름 잔뜩 낀 날은 고통스럽다는 증거이다 (중략)
천둥치고 폭풍 올 때는 분노했다는 증거이니 / 인
간의 희비애락도 하늘 닮아 그런 모양 / 어떤 날은
기분 좋고 다른 날은 짜증스럽고 / 밥 먹고 똥 싸
는 일까지 너무나도 흡사하다

- 누구를 닮았나, 부분 -

시인은 기상정보를 보며 인생을 생각한다. 기상정보의
'맑음' '구름' '바람' '갬' '홍수' '가뭄'과 같은 모든 요소
가 인생에도 살아있음을 말한다. 열두 달 밝은 날만 있는
것이 아니기 때문에 흐린 날도 있는 것처럼, 인생에도 흐
린 삶이 있으면 개인 날도 있는 것이고, 구름이 끼고 바람
이 부는 것을 막을 만한 장사가 없기 때문에 물난리와 가
문난리를 겪으면서 살아가는 것이다. 사람이 사는 이치도
슬픔과 괴로움이 있을 때가 있는가 하면 가을 날씨처럼
즐겁고 유쾌한 날도 있음을 이야기한다. 마치 기상 통보관
처럼, 먼저 알고 있는 사람이 듣는 이에게 날씨를 풀어 주
듯이... 자연과 문명의 모든 것이 어쩌면 인간의 삶과 그
렇게도 닮아있는지를 시인은 먼저 깨닫고 독자에게 깨닫게
한다.

그는 날마다 뜯겨나가는 일력도 '사랑도 / 미움도 삭는
/ 일력만을 넘기었지(「배움의 주간에」)' '한장 한 장 내
나이가 일력처럼 뜯겨 나간다 (「여름 일기」)' 처럼 예사롭

지 않게 본다. 달력을 뜯어내면서도 무심하지 않는 시인의
의식을 엿본다.

　　무심코 달력 한 장을 / 오늘 아침 뜯어냈다. /
살 점을 떼어내듯 / 조심스럽게 뜯었는데 / 아픈
데 / 아픈 데가 없어 / 정말 다행이었다. // 아픈데
없다지만 / 온갖 번뇌 자리해서 / 쑤시고 지랄하고
/ 속으로 멍들게 해 남은 건 / 늙고 병들어 / 식어
가는 나무등걸 // 세월네 네월네를 /탓해 본들 무
엇하랴 / 춘풍추우 허구 한 날 / 헛바퀴만 돌리다
가 / 뜬 구름 / 저녁놀 안고 / 돌아가는 나그네여.
- 달력을 떼내면서, 전문 -

　달력을 떼어내면서 시인은 살점을 떼어내는 듯한 아픔
을 가진다. 육체적 아픔은 없지만 온갖 번뇌가 육체적 아
픔 보다 더 아프다. 뜯어낸 세월과 함께 나무등걸과 같아
지는 육신을 인식하고 달력은 곧 세월이며 춘풍추우라는
것을 인식한다. 그리고 인생이 곧 나그네임을 깨닫게 하는
한 장 한 장 뜯어지는 일력은 시인에게 있어서는 인생의
경전으로 다가온다.
　이처럼 그에게는 모든 것이 삶의 깨달음이다. 심지어 그
는 세수를 하면서도 '하루라도 안 문지르면 온갖 오물 때
가 낀다 / 마음도 마찬가지 탐진치를 뒤집어 쓴다 / 겉 닦
고 속 안닦으면 더러워 똥내 난다' (「세수」)고 일상적인

153

세수를 마음의 수양으로 확대시켜 생각한다. 양파를 까면서도 그는 남다르다.

　　이렇게 / 벗겨내는 / 연습을 해야한다 // 양파
　껍질 / 벗겨내듯 / 계속해서 벗겨내면 // 가려진 /
　양심의 구석 / 낀 때인들 남을 소냐
　　　　　　　　　　　　－ 목욕을 하며, 전문 －

　양파껍질 벗기는 것을 도와주었을까, 시인은 양파를 보면서도 많은 생각을 벗겨낸다. 사실 양파의 껍질을 벗기거나 쓰레기를 버리는 것은 보통 남성의 몫은 아니다. 시인은 가정적이었든지, 이 같은 삶의 주변에 일어나는 일들을 유심히 살펴보고 이를 시화하여 읽는 이로 하여금 슬쩍 미소 짓게 만든다. 양파는 벗겨도 벗겨도 끝까지 같은 모양을 한 것들, 즉 속을 알 수 없는 것들의 상징이기도 하다. 그러나 시인은 '양심'을 이야기 하고자 양파를 인용한다. 때와 양파가 가진 '벗긴다'는 공통하는 시인의 모습에서 뭐랄까, 일상적인 세속에서 어느 경지에 이른 깨달음의 정신이 느껴진다.
　황사를 보면서도 시인은 남다른 생각을 전개시킨다.

　　해마다 / 예외없이 / 찾아오는 황사군단 // 해방
　시켜 준다고 / 나팔소리 요란하다 // 언제나 / 그
　랬던 것처럼 / 온갖 만행 저지르면서...
　　　　　　　　　　　　－ 황사, 전문 －

왜 황사와 '이념'은 저 북쪽으로부터 올까. 시인은 그 닮은 모습을 쉽게도 발견해낸다. 위에서부터 쏟아져 오는 황사를 보면서 몇 십년전 우리 역사를 생각한다. 압제와 굴종으로부터 우리를 해방시켜 준다고 왔던 이념의 굴레들, 수많은 민중들이 '해방'의 허울에 혹하여 동조 하였지만 그로부터 또 다른 굴종과 억압이 시작되었음을 시인은 안다. 그리고 이 나팔소리처럼 요란한 황사는 '군단'이라는 군사용어와 함께 인식된다. 군단은 군 지휘계통의 상부 조직으로 수많은 병력과 엄청난 힘을 가진 조직이다. 황사도 군단처럼 밀려들어 손을 쓸 수 없는 속수무책이 된다. 이 같은 황사에 대한 생각은 '가슴은 답답하고 머릿속은 몽롱하다 / 좀처럼 지워지지 않는 이 엄청난 황사 현상'(「황사 현상」)같이 답답하고 몽롱함에 대한 비유로도 확장된다. 일상적으로 대하는 신문을 보면서 시인은 또 많은 이야기를 시로 엮어낸다.

무슨 말을 하고 싶어 / 저리도 아우성인가 // 큰
자막 작은 자막 / 이리저리 얽어 놓고 // 천지를 /
감동케 할 사연 / 제 멋대로 / 토해낸다.
- 신문, 전문 -

알다가도 모를 일이 / 너무 많은 세상 이야기
- 조간 신문, 부분 -

위에서 '저리'라는 표현은 시적 대상과 시적 자아의 거리인식을 느끼게 한다. 듣는 이가 듣고 싶어 하든 듣고 싶어하지 않든 신문은 말을 하고 싶어 '아우성'이다. 큰 글씨와 작은 글씨로 현혹시키면서 천지를 '감동'하게 할 사연을 '제멋대로' 토해낸다. 천지를 감동하게 할 사연이란 '알다가도 모를' 세상이야기 일 것이다. '제멋대로'는 버릇없음이다. 이 역시 대중매체의 횡포이며 폭력이 된다.

신문에 비하면 그가 '책'에 주는 점수는 후하다. 그는 '책의 세계들어가면 지리산 원시림 같다'(「책을 읽다가」) '이 책 저 책 펼쳐 놓고 / 열심히 들여다 본다 // 금맥을 캐내려고 / 괭이질을 하나보다'(「괭이질」) '책장을 넘기면서 / 말씀들을 주워 담는다'(「헛일」)고 책 속의 보물들을 이야기 한다.

할 말들은 / 깨알처럼 / 여백위에 쏟았다 // 그래도 / 못다 한 말들은 / 행간 아래 숨겼다 // 어둠 속 / 온 누리 밝게 할 / 희망의 새 등불

— 책, 전문 —

도시와 문명의 것들이 공해를 배출하지만 인간이 만든 것 중 '책'만한 무공해는 없을 것이다. 깨알처럼 많은 말들이 흰 여백위에 쏟아져 내린다. 깨알이라는 것은 '많은 수' '셀 수 없는 것'을 대표한다. 이처럼 셀 수 없이 많은 말들을 쏟지만, 그래도 못다한 말들이 있어 이들은 행간

아래 숨겨져 있다. 이들은 어둠 같은 온 세상을 밝게 할
희망의 새 등불이다.

6. 풍요로운 고전들

원용문 시인은 「김시습전」, 「처용귀신」, 「백발가」, 「가락
국기」, 「광한루에서」, 「식영정에서」, 「면앙정에서」, 「보길
도에서」, 「세종대왕」 등 우리의 고전과 역사에서 다른 생
각들을 만들어낸다. 동양 고전에 능숙한 그는 동양인의 서
정세계를 동양적 감성으로 그려낸다. 이러한 그는 일상생
활 가운데서도 '청산리 벽계수 같은 / 그런 바람을 그리
워' (연구실에서) 한다.

　　달빛 어린 촉석루의 / 나무기둥을 얼싸안고 //
　　가슴을 치면서 울던 / 사내가 있었단다.
- 논개, 부분 -

　　소월은 어쩌자고 / 강변 살자 했나(중략) 강변
　　살자하면 / 돈 나오나 쌀나오나 // 서걱 대는 갈
　　잎 소리에 / 시끄러워 잠못잔다 // 소쩍새 울음 소
　　리 / 당신 먼저 울테고
- 강변, 부분 -

위의 시조는 논개를 생각하면서 가슴을 치며 울기도 하

고, 강변에서 김소월의 시를 생각하며 그가 삶에는 대책이
없었다는 우스운 생각을 하다가도, 소쩍새 울음 소리에 먼
저 우는 살아있는 '시인'을 생각하게 한다.

　　임이여 건너지 마오 그 강물을 건너지 마오 / 정
　말로 건널 양이면 날 데리고 건너가오 / 머루랑 다
　래랑 먹더라도 임과 함께 살려오
　　　　　　　　　　　　　- 신 공후인, 전문 -

'임이여, 물을 건너지 마오. 임은 그예 물을 건너시네,
물에 휩쓸려 돌아가시니 / 가신 임을 어이할꼬.' 조선의
뱃사공 곽리자고가 아침 일찍 일어나 배를 손질하고 있는
데, 머리가 허옇게 센 미치광이 한 사람이 머리를 풀어헤
친 채 술병을 쥐고는 어지러이 흐르는 강물을 건너고 있
었다. 그 뒤를 그의 아내가 따르며 말렸으나 미치지 못해
그 미치광이는 끝내 물에 빠져 죽고 말았다. 이에 그의 아
내는 箜篌를 뜯으면서 공무도하의 노래를 지었는데, 그 목
소리가 아주 슬펐다고 한다. 노래가 끝나자 그의 아내는
스스로 물에 몸을 던져 죽었다. 이러한 광경을 처음부터
목격한 곽리자고는 돌아와 자기 아내 麗玉에게 이야기하면
서 노래를 들려주었고 여옥은 슬퍼 공후를 뜯으면서 그
노래를 불렀는데 듣는 사람들 중에 눈물을 흘리지 않은
사람은 하나도 없었다고 한다. 이 노래를 이름하여 箜篌引
이라 하였다고 하는 전설에서 원용문 시인은 새로운 공후

인을 적어 내려간다. 고전은 주저앉아 어쩔 수 없는 여인의 심정을 그렸다면, 그는 건너가려면 '날 데리고' 건너가서 '머루랑 다래'만 먹고 살더라도 임과 함께 살고자 하는 의지를 드러낸다.

원용문 시인은 기행시가 특히 많다. 그가 밟고 다니는 땅이 넓은 만큼 사유의 면적도 넓음을 알 수 있다. 기행시에서는 역사에 대한 생각들이 묻어난다. 그는 그 지역의 전설을 피리 불 듯 가야금을 켜듯 아름다운 곡조로 노래한다.

우륵이 있어야 / 가야금 소리 듣지 // 신립을 만나야 / 배수진법 물어보지 // 어디서 / 바람 한 자락 / 옛날처럼 / 불어오네.

- 탄금대. 전문 -

탄금대는 이 시조처럼 두개의 전설을 가진 공간이다. 신라 진흥왕 때 樂聖 우륵이 가야금을 탄주하던 곳으로 그는 이곳을 寓居地로 삼고 풍치를 상미하며 산상대석에 앉아 가야금을 타니, 그 미묘한 소리에 사람들이 모여 마을을 이루었다고 한다. 이로 연유하여 이곳을 탄금대라 불렀다. 또한 이곳은 임진왜란 당시 도순변사(都巡邊使) 신립(申砬)이 8,000여명의 군졸을 거느리고 와 배수진을 치고 왜장 가토 기요마사와 고니시 유키나가의 군대를 맞아 격전을 한 전적지이기도 하다. 신립은 전세가 불리하여 패하

게 되자 천추의 한을 품고 강에 투신 자살하였다. 탄금대
북쪽 남한강 언덕에 열두대라고 하는 100척이나 되는 절
벽이 있는데 신립이 전시에 12번이나 오르내리며 활줄을
물에 적시어 쏘면서 병사들을 독려하였다고 하는 곳이다.
시인은 이 전설과 역사의 자리에 서서 이제 그들이 이곳
에 없는 '아쉬움'을 시로 표현한다.

7. 나오며

원용문 시인은 앞을 향하여 달려온 삶을

　좌로 보아 우로보아 하는 연습조차 못해봤다 /
방향감각 모르면서 앞만 보며 거닐었다 / 효도할
줄 모른 것이 아니라 그럴만한 / 여백도 없었다
　　　　　　　　　　　　　- 되돌아본 나룻터, 부분 -

　숨 돌릴 틈도 없는 / 열두 고개 또 넘었다
　　　　　　　　　　　　　- 설날 아침, 부분 -

라고 고백하는데, 이 같은 그의 알찬 삶 가운데 맺혀진 사
유들의 열매들이 시조와 수필에서 맺혀진다. 그래서 그는
시를 쓰는 것에 대해 고민이 많다.

　서투른 짓을 하듯 / 서투른 시를 쓰면 (중략) 후
생들 / 가타부타 하면서 / 두고두고 심판하리
　　　　　　　　　　　　　- 서투른 시, 부분 -

시조 한 수 써보려고 / 씨 뿌리고 밭을 갈건만
// 시조는 / 싹 틔우지 못하고 / 온갖 잡초만 무성
하네

- 어느 봄 날에, 부분 -

사는 일 만큼이나 / 어렵게 시 쓰노라면 // 깊은
수렁에 빠져 / 헤어나지 못할 때가 있다
- 詩魔, 부분 -

원용문 시인은 첫 시조집의 후기에서 '건방진 이야기 같
지만 하나의 신앙으로 생각하겠습니다. 열렬한 신자는 못
되어도 어느 한 구석 빈자리를 채워주는 평신도라도 되겠
습니다.' 라고 시를 쓰는 것을 '신앙'과 대비하여 시조를
신앙처럼 생각하고 있음을 말한다. 사람들은 가장 사랑하
는 것을 '신앙'으로 고백하는데 원용문 시인의 시조 사랑
의 깊이를 알 수 있다. 앞으로도 인간에 대한 관심을 가지
고 시조를 사랑할 것을 믿으며 이만 글을 맺고자 한다.

(시조문학 2004년 봄호, 통권 150호)

시간의 징검다리

인쇄일 초판 1쇄 2006년 04월 25일
        2쇄 2015년 05월 15일
발행일 초판 1쇄 2006년 04월 30일
        2쇄 2015년 05월 25일

지은이 원 용 문
발행인 정 진 이
발행처 새미
등록일 1987.12.21, 제17-270호

서울시 강동구 성내동 447-11 현영빌딩 2층
Tel : 442-4623~4 Fax : 6499-3082
www. kookhak.co.kr
E- mail : kookhak2001@hanmail.net
ISBN 978-89-5628-213-8 *03810
가 격 8,000원

* 새미는 국학자료원의 자매회사입니다.
*저자와의 협의 하에 인지는 생략합니다.